C. HABERT

LES CAISSES DÉPARTEMENTALES

(LA CAISSE DE LA MEUSE)

DEVANT

LA LOI ET LA JUSTICE

EN VENTE

Au bureau du journal LE CONSEILLER DES ASSURANCES

44. rue Richer, Paris

LES CAISSES DÉPARTEMENTALES

(LA CAISSE DE LA MEUSE)

DEVANT

LA LOI ET LA JUSTICE

Les *Caisses Départementales* n'ont pas toujours été ce qu'elles veulent être aujourd'hui, de véritables « Institutions d'assurances ».

Ainsi que nous l'avons dit déjà dans notre journal, à la fin du XVIIIᵉ siècle, alors qu'il n'y avait pas encore de Société d'assurance, il existait des *Bureaux des Incendiés* ; mais ils disparurent avec la Révolution. Ce ne fut que vers 1804 que des quêtes furent régulièrement faites pour tenter de secourir les incendiés et que furent créées quelques *Caisses* dites *départementales*. La Caisse de la Marne date du 2 ventôse an XII (22 février 1804), celle de la Somme remonte au 14 septembre 1819 ; celle des Ardennes commença ses collectes en décembre 1779 ; enfin, celle de la Meuse vit le jour le 25 brumaire an XIV (16 novembre 1805).

Les « secours » alloués par ces Caisses étaient très faibles et mal répartis, cela se conçoit : aussi fallait-il trouver et faire mieux. C'est alors que furent fondées de véritables Sociétés d'assurances, lesquelles, pour la plupart, fonctionnent encore aujourd'hui.

Ces Sociétés d'assurances durent établir des statuts et obtenir, chacune, une autorisation royale, pour pouvoir pratiquer l'assurance. C'est seulement en 1867, que ces autorisations furent remplacées par une loi générale, celle du 24 juillet 1867, laquelle devint la règle de toutes les Sociétés. En ce qui concerne tout particulièrement les Sociétés d'assurance, un décret intervint le 22 février 1868, qui réglementa leur fonctionnement, soit qu'elles opérassent en mutualité, soit qu'elles fussent établies par actions. Ce décret est très rigoureux et tous les gouvernements de France en ont toujours exigé l'impérieuse observation.

Pendant que les Sociétés d'assurances étaient aussi sévèrement réglementées et surveillées ; pendant que leur action bienfaisante s'étendait dans tout le pays et gagnait de nombreux prosélytes à la prévoyance ; pendant que ces Sociétés luttaient contre les préjugés, contre la méfiance, contre la malveillance et la spéculation ; pendant qu'elles protégeaient de leurs deniers la fortune publique et les fortunes privées, apportant à l'industrie et à l'agriculture les capitaux nécessaires pour réparer les ruines que le feu destructeur avait causées... que devenaient, que faisaient les *Caisses des incendiés?*

Elles demeuraient des œuvres de charité, des caisses de secours, endormies sous la tutelle des Préfets ; mais elles ne subissaient aucune transformation et végétaient comme des œuvres devenues de moins en moins nécessaires.

Ce n'est que vers 1865, que ces caisses de secours, voyant les assurances bien lancées, mieux comprises, bien organisées, songèrent à prendre des airs d'assureurs, et, petit à petit, en arrivèrent à faire une réelle concurrence aux Sociétés d'assurances. Les dons qu'elles recueillaient, chaque année, par l'entremise des maires, furent appelés primes ; les secours devinrent des indemnités et les donateurs, des assurés ; bref, elle se transformèrent en de véritables institutions d'assurances, sans cependant songer à se conformer aux lois et décrets d'assurance.

Placées sous l'égide préfectorale, utilisant les services des maires, des instituteurs, des curés, chargeant tout ce monde de recevoir les collectes et d'arbitrer les secours aux incendiés, les *Caisses départementales* usèrent et abusèrent du prestige que leur procuraient tous ces concours administratifs et, se moquant des lois, se plaçant au-dessus des décrets, elles exercèrent de véritables pressions morales sur l'esprit des villageois, pour finalement arriver à régner en souveraines maîtresses dans les quatre départements qui sont restés sous leur domination.

Emues de cette concurrence à armes inégales que leur firent les *Caisses*, ainsi successivement transformées en assureurs, les véritables Sociétés d'assurances, surtout leurs agents, élevèrent de justes protestations et demandèrent que lesdites *Caisses* fussent, non pas dissoutes, mais soumises aux lois d'assurances, purement et simplement.

Ces réclamations, émanant des assureurs, eurent le don d'exciter la colère des fonctionnaires qui, depuis le Préfet jusqu'aux maires, gravitaient autour de ces Caisses. Tout ce monde s'ingénia à les maintenir en dehors et au-dessus des lois. La juridiction administrative prétendit que, tant que les vieux arrêtés préfectoraux qui avaient autorisé ces Caisses ne seraient pas rapportés ou annulés, celles-ci pourraient subsister telles quelles ; d'autre part, la juridiction civile se déclara incompétente à s'occuper de la régularité ou de l'illégalité de leur fonctionnement en tant qu'assureurs ; de telle sorte que nos Caisses, estimées intangibles, n'en devinrent que plus arrogantes, plus audacieuses et même quelque peu téméraires.

Oui, téméraires ; car, à force de s'affirmer et de se vanter d'être des institutions d'assurances véritables et, selon elles, préférables aux Sociétés d'assurances, elles furent, un beau jour, prises au mot et se virent appliquer les règles de la coassurance.

*
* *

Il est de principe, dans tous les pays du monde, qu'on ne peut et ne doit pas s'assurer deux fois ; la morale et la sécurité des personnes s'y opposent. Dès lors, quiconque se fait garantir par un deuxième assureur doit le déclarer au premier, sous peine de perdre tout droit à une indemnité.

Du moment que les *Caisses départementales* agissaient en assureurs, les véritables Sociétés d'assurances exigèrent que leurs propres assurés, qui auraient effectué des versements auxdites Caisses, leur en fissent la déclaration, à peine de déchéance, comme cela se passe au sujet de toutes coassurances.

Or, cette prétention des Sociétés d'assurances a prévalu en justice — au grand dam des Caisses.

Un sieur Peckly, assuré à la *Générale*, avait fait un don à la *Caisse des Ardennes* ; il fut victime d'un incendie et ses pertes ont été évaluées à 8,000 francs. Lorsqu'il réclama cette indemnité à la *Générale*, cette Compagnie lui reprocha de n'avoir pas déclaré sa deuxième assurance de la *Caisse ;* il fit un procès et les tribunaux furent, ainsi, appelés à se prononcer sur la qualité d'assureurs que s'attribuent les Caisses et sur ses conséquences.

La Cour de Nancy et la Cour de cassation constatèrent que la *Caisse des Ardennes* était une « institution d'assurances mutuelles à primes fixes, c'est-à-dire « un assureur », à propos duquel les déclarations de la coassurance devaient être pratiquées.

L'arrêt de Nancy est du 5 juin 1898, et l'arrêt de cassation, du 20 décembre 1899.

ARRÊT DE NANCY

5 JUIN 1898

Attendu que la Compagnie d'*Assurances générales* oppose, entre autres moyens, à la demande de Peckly, une déchéance tirée de l'article 10 de la police, qui porte en substance : « Si « l'assuré fait garantir... par d'autres assurances, soit les objets

« sur lesquels porte l'assurance, soit des objets autres, mais
« faisant partie du même risque, il est tenu de le déclarer à la
« Compagnie, sous peine de n'avoir aucune indemnité. »

Attendu qu'il est constant que Peckly s'EST ASSURÉ à la *Caisse
départementale des Ardennes*, en y versant une somme de
5 francs ; que cette assurance portait sur une partie du mobilier
de l'intimé, tandis que l'autre partie était garantie par la Compagnie apparente ; qu'il est certain, au contraire, que les objets
assurés à la *Caisse départementale* étaient soumis au même
risque que ceux que la police de la Compagnie des *Assurances
générales* garantissait; qu'ils étaient déposés dans le même
immeuble et soumis, par conséquent, aux mêmes chances d'incendie ; qu'il n'est point contesté que Peckly n'a pas fait connaître cette seconde assurance à l'appelante, qu'il a ainsi contrevenu, d'une manière formelle, aux stipulations de l'article 10 de
son contrat ;

Qu'il importe peu, ainsi que l'a admis à tort le Tribunal,
pour écarter cette déchéance, que les objets assurés par la
Caisse départementale ne soient pas ceux assurés par la
Compagnie des *Assurances générales*, qu'il suffit, selon l'article prérappelé de la police, pour que la déchéance soit encourue, que l'assuré n'ait pas averti la Compagnie de l'existence
d'une autre assurance couvrant les objets soumis aux mêmes
risques que les objets qu'elle a elle-même garantis ;

Que la *Caisse départementale des Ardennes* est bien, d'ailleurs, UNE INSTITUTION D'ASSURANCES MUTUELLES à primes fixes,
c'est-à-dire un assureur dans le sens de l'article 10 ci-dessus
visé, qu'il s'ensuit que le tribunal a méconnu la convention
intervenue entre Peckly et l'appelante, et que son jugement
doit être réformé, sans qu'il y ait lieu d'examiner les autres
moyens invoqués par la Compagnie.

Par ces motifs :

La Cour,

Sans s'arrêter aux conclusions subsidiaires de l'intimé qui
n'ont pas trait d'ailleurs à la déchéance admise par la Cour,

Reçoit l'appel et y fait droit,

Réforme et met à néant le jugement attaqué et décharge la
Compagnie appelante de toutes les condamnations en principal,
intérêts et frais contre elle prononcées.

Statuant à nouveau,

Déclare Peckly déchu de tout droit à une indemnité par application de l'article 10 de la police, comme n'ayant pas déclaré à
la Compagnie qu'une partie de ses meubles, comprise dans le
même risque, était assurée à une Société mutuelle d'assurance.

Condamne l'intimé en tous les dépens de première instance
et d'appel.

Ordonne la remise de l'amende, si elle a été consignée.

« ARRÊT DE CASSATION (Chambre des Requêtes)
20 décembre 1899.

« La Cour,

« Sur le moyen unique tiré de la violation de l'article 7 de la loi du 20 avril 1810 pour défaut de motifs et base légale, de l'article 1134 C. civ. et de l'article 10 de la police d'assurance :

« Attendu qu'aux termes de la police d'assurance litigieuse :
« Si l'assuré fait garantir par d'autres assurances, soit les
« objets sur lesquels porte l'assurance, soit des objets autres,
« mais faisant partie du même risque, il est tenu de le déclarer
« à la Compagnie sous peine de n'avoir aucune indemnité » ;

« Attendu qu'après avoir constaté que Peckly s'était assuré à la *Caisse départementale des Ardennes*, sans en informer son premier assureur, pour des objet mobiliers autres que ceux déjà garantis par celui-ci, mais qui étaient dans le même immeuble, et par suite soumis aux mêmes chances d'incendie, l'arrêt attaqué a pu, sans dénaturer cette clause, APPLIQUER à Peckly LA DÉCHÉANCE prévue au contrat ;

« Que l'arrêt a d'ailleurs CONSTATÉ que la *Caisse départementale des Ardennes* ÉTAIT UN ASSUREUR, dans le sens de l'article 10 ci-dessus visé de la police ; qu'il a donc été satifait aux prescriptions de l'article 7 de la loi du 20 avril 1810 ;

« Par ces motifs,

« Rejette, etc... »

Il résultait clairement de cet arrêt que la *Caisse des Ardennes* et toutes les autres Caisses départementales, qui l'ont imité dans sa transformation, étaient de véritables « *institutions d'assurances, des assureurs* » dans le sens technique et juridique du mot.

Il semblait que les Caisses dussent être enchantées de cet arrêt de cassation ; or, c'est le contraire ! car elles s'aperçurent bientôt qu'elles étaient prises à leur propre piège.

En effet, si de Caisses de secours elles sont incontestablement devenues des institutions d'assurances, elles ne pourront plus éviter l'observation des lois imposées aux assureurs : elles devront cesser d'être de simples œuvres de charité, mais prendre un corps légal et se transformer en des Sociétés d'assurances mutuelles ayant des statuts, des sociétaires solidaires entre eux et un Conseil d'administration composé exclusivement de sociétaires.

D'autre part, les règles de la coassurance allaient désormais être appliquées à leurs clients et cela devait amener des déceptions, jeter la perturbation dans les idées acceptées et provoquer des hésitations chez ceux-ci peut être même de prudentes abstentions.

Ce sont précisément ces deux conséquences que nous fîmes ressortir dans notre modeste et courte brochure publiée, par nous, en janvier 1900, à propos de l'arrêt de cassation.

**

Les choses en étaient là : personne ne pensait plus à l'arrêt de cassation, l'Exposition accaparait tous les esprits et les *Caisses* semblaient oubliées, du moins momentanément, lorsque, soudain, M. Bonnefond, secrétaire de la *Caisse de la Meuse*, fit publier dans tous les journaux du département de la Meuse une longue *réponse* à notre petite brochure ; c'était intitulé :

Réponse à de nouvelles attaques *contre la Caisse départementale de la Meuse ; La brochure de M. Habert.*

Cette réponse, nous l'avons loyalement et spontanément reproduite dans le *Conseiller* n° 543, du 11 octobre 1900, afin de pouvoir mieux la rétorquer et afin, aussi, de nous éviter de longues citations ; nous nous sommes également procuré le dernier Règlement de la *Caisse meusienne*, ainsi que la jurisprudence invoquée par elle ; ces derniers documents ont été publiés dans le *Conseiller* n° 549, du 3 janvier 1901.

Tout ceci expliqué et rappelé, nous allons pouvoir aborder de but en blanc la réponse en question et la discuter rapidement. On trouvera dans notre Réplique la réfutation des objections que toutes les *Caisses départementales* ont l'habitudd de formuler pour leur justification et leur défense.

NOTRE RÉPLIQUE

A LA

Caisse de la Meuse

Les effets de la coassurance non déclarée.

M. Bonnefond, secrétaire de la *Caisse de la Meuse*, ne peut digérer l'arrêt de cassation rendu dans l'affaire Peckly et il essaie de plaisanter les Compagnies qui le répandent. Suivant lui, celles-ci proclameraient, de ce fait, leur mauvaise volonté à payer leurs sinistres.

Permettez, Monsieur Bonnefond, nous ne sommes pas aussi naïfs que vous le supposez.

D'abord, la réputation de solvabilité et d'honnêteté de nos

Sociétés d'assurances est au-dessus de vos inutiles sarcasmes. On a plaidé l'affaire Peckly non pas pour économiser 8,000 fr. à une Compagnie qui, par an, paie pour 6 1/2 millions de sinistres ; non ! mais uniquement pour le principe, afin de faire constater judiciairement que les *Caisses départementales* sont bien — comme elles le proclament, d'ailleurs, — devenues des institutions d'assurances et que, dès lors, leurs coassurances doivent être déclarées; d'autre part, une fois leur qualité d'assureurs judiciairement reconnue, il leur faudra bien, un jour prochain, se soumettre aux lois d'assurances.

Tels ont été le but et la portée morale du procès : cessez donc vos étonnements et discutons sérieusement.

Vous qui raillez les polices des Sociétés d'assurances, « ces « feuilles de papier auxquelles on aurait dit si judicieusement « qu'une loupe devrait toujours être attachée ». avez-vous donc oublié votre propre loupe pour relire l'article 49 du RÈGLEMENT de la *Caisse de la Meuse?*

Permettez-nous, en ce cas, de vous le remettre sous les yeux, en caractères « lisibles à l'œil nu ».

Art. 49. — Celui qui, *après avoir fait un versement à la Caisse, se fait ensuite assurer par des assurances quelconques*, pour les risques déjà couverts par la Caisse, NE PEUT PLUS RIEN RÉCLAMER ; toute cession au profit de ces assureurs, contre la Caisse, EST NULLE et ne peut produire aucun effet.

Ne vous semble-t-il pas que cet article 49 ressemble furieusement à la clause de déchéance pour coassurance non déclarée, qui figure dans les polices des Sociétés d'assurances — clause qui tout à l'heure excitait tant votre hilarité?

En effet, tout individu qui, assuré chez vous, s'assure à une Société, perd tous ses droits chez vous; tel est bien votre article 49.

N'est-ce pas de la déchéance pour coassurance, cela?

Et c'est vous qui, ayant un pareil article 49 à votre service, allez reprocher aux Sociétés d'assurances le même article dans leurs polices?

Mais encore les Sociétés d'assurances sont-elles moins méchantes que vous : quand la déclaration de coassurance leur est faite, la déchéance est couverte et l'indemnité éventuelle sera payée; tandis que, chez vous, cette déchéance subsiste et ne peut être relevée; votre assuré, quoi qu'il fasse, a perdu irrémédiablement ses droits chez vous; du moins votre article 49 le dit.

Nous sommes heureux, croyez-le bien, de cette occasion que vous nous avez fournie d'éclairer vos « assurés » sur un article de votre Règlement, que probablement vous ne leur aviez jamais expliqué, et pour cause !

Pas de Procès.

On ne plaide jamais avec la *Caisse de la Meuse*, dit M. Bonnefond ; cependant, l'article 49 serait un joli petit nid à procès si... un procès quelconque était possible avec ladite *Caisse*.

Or, tout procès est impossible contre cette *Caisse*.

Que voulez-vous plaider ?

En vertu de quel titre ?

On n'a devant soi pas même l'ombre d'une Société, d'une Association ; et dans la main, pas une ligne de statuts, pas une signature. La *Caisse meusienne*, en eflet, n'est qn'une œuvre de charité, opérant sous l'œil du Préfet par l'intermédiaire de fonctionnaires qui n'assument aucune responsabilité, de quelque nature qu'elle soit.

A qui donc voulez-vous réclamer ?

Est-ce au Préfet ?

Est-ce au Maire qui a reçu votre collecte ?

Mais l'un et l'autre se récuseront comme n'étant aucunement engagés vis-à-vis de vous !

D'ailleurs, nous le répétons, vous n'avez ni papier (ne fût-il lisible qu'à la loupe), ni quittance : donc, pas le moindre titre à produire pouvant établir ou justifier votre réclamation.

La *Caisse de la Meuse* n'a jamais de procès et M. Bonnefond s'en glorifie.

Mais, si elle n'a jamais de procès, c'est uniquement parce que l'on ne peut lui en faire... ; c'est parce qu'elle n'existe pas comme être moral responsable ; c'est parce que les incendiés doivent accepter le secours qu'on leur donne tel qu'il est, sans qu'ils puissent protester une fois qu'il est fixé, ainsi que nous le verrons plus loin.

Pas de Police.

Quand M. Bonnefond, dans sa brochure de 1895, page 10, dit que les assurés de la Caisse « ont la faculté d'avoir, si cela leur « convient, et sans frais, *une police d'assurance* », il commet une inexactitude.

Il n'y a jamais eu de police à la *Caisse* : chacun remet une somme déterminée au Maire qui l'inscrit sur deux listes, dont l'une va aux bureaux de la *Caisse* et l'autre reste à la Mairie.

M. Bonnefond appelle cela un « contrat parfait et régulier », libre à lui ; mais le moindre saute-ruisseau lui apprendra que cette double liste constate uniquement un versement, mais ne comporte aucune obligation et ne ressemble pas le moins du monde à une police.

L'article 21 du Règlement permet à toute personne de demander un duplicata du libellé de son versement ; mais ce papier, de pur renseignement, ne peut jamais équivaloir à un contrat ni à une police : il n'est signé par personne et ne contient aucune clause d'assurance, rien, enfin, qui engage qui que ce soit.

Donc la *Caisse de la Meuse* ne possède et ne délivre aucune police et, cependant, comment se fait-il que, dans la brochure éditée par elle en 1895, ladite *Caisse* parle d'une police ?

Le rédacteur de cette brochure a forcé partout les mots et les choses ; c'est ainsi qu'il y est parlé de prime et d'assurés, lorsqu'il n'y a que des versements libres d'effectués et des donateurs, auxquels on n'a rien garanti du tout.

Ces mots impropres ne seraient-ils empruntés aux Sociétés d'assurances que pour donner le change aux clients de la *Caisse* ?

On pourrait le supposer ; en ce cas, le procédé serait peu louable.

Les sinistres.

Chez les Sociétés d'assurances, lorsqu'un sinistre éclate, l'assuré choisit son expert et assiste aux opérations d'expertise ; une tierce expertise peut même avoir lieu ; ledit assuré surveille donc ses intérêts, les discute et les fait défendre énergiquement jusqu'au bout.

A la *Caisse meusienne*, les choses se passent-elles ainsi ?

Quand un sinistre éclate, c'est toute une smala qui s'agite ; mais, si nous copiions la brochure de la Caisse, nous ne risquerions pas de nous tromper :

« Cette évaluation des pertes sur les lieux même du sinis-
« tre (1) par des hommes désintéressés : par le juge de paix, les
« conseillers d'arrondissement, le maire, le curé, l'adjoint et
« trois conseillers municipaux de la commune qui connaissent
« tous depuis longtemps l'incendié, ce qu'il possède, ce qu'il
« récolte, doit être considéré comme l'expression aussi exacte
« que probable de la vérité. »

C'est trop de monde et trop de considérations.

La vérité, c'est que l'estimation ne repose sur aucun droit acquis. Mais, entre nous, que peut dire un brave curé dans cette estimation ? et l'adjoint ne va-t-il pas tout faire pour que son voisin n'ait pas grand'chose, afin que celui-ci ne puisse se remettre à neuf ?

Et puis, est-ce que tout ce monde, maire, adjoint, curé, conseillers, a les connaissances techniques, nécessaires pour expertiser chez un industriel, un commerçant ou même un cultivateur ?

Mais voici le bouquet :

Il y a dans le règlement de la *Caisse de la Meuse* un certain article 65, que M. Bonnefond semble encore ne plus se rappeler.

---

(1) Il ne manquerait plus qu'on procédât ailleurs. -

« Dans aucun cas, — dit l'article 65 — l'incendié ne peut être
« présent lorsque l'évaluation de son avoir et de ses pertes est
« arrêtée définitivement. »

Ce qui veut dire qu'on lui donne ce qu'on veut et bonsoir!

D'ailleurs, nous ne cesserons de le répéter; il n'a ni écrit, ni
police; il n'a donc rien d'autre à faire que d'accepter ce que son
curé lui aura fait obtenir.

Ah! s'il a souvent oublié le chemin de l'église, son affaire
sera claire...

Dons ou versements.

La *Caisse de la Meuse* prétend qu'elle ne reçoit pas de dons,
mais des versements. Dons ou versements, n'est-ce pas la même
chose ? On donne ce qu'on veut, voilà la vérité, et c'est pour un
an. L'année suivante, on augmente ou l'on diminue son versement; d'après l'article 40, l'indemnité sera réduite au prorata ;
en un mot, on en aura pour son argent.

Cette façon d'agir ne ressemble en rien à l'assurance telle
qu'elle se pratique chez les Sociétés d'assurance : ici l'on chiffre
d'abord ce qu'on veut assurer et la prime est fixée ensuite, et
pas seulement pour un an, mais pour dix ans; on signe deux
exemplaires de ces conventions et les droits indiscutables de
chaque partie sont à jamais déterminés.

Opérations illégales.

Nous avons dit dans notre brochure que, puisque la Cour de
cassation avait déclaré que les Caisses étaient devenues de véritables institutions d'assurances, leur transformation s'imposait
et que « *leurs opérations* étaient d'ores et déjà jugées illé-
« gales ».

Nous avons dit « opérations illégales »; eh bien! le secrétaire
de la *Caisse de la Meuse* nous fait dire, dans sa réponse, que
nous considérons les *Caisses* comme *illégales;* et, là-dessus, il
se lance dans des citations d'arrêts, qui prouveraient la légalité
desdites Caisses.

Il s'est donc ingénié à modifier notre phrase pour se donner
le facile plaisir de la critiquer. C'est assez enfantin; mais ne
fallait-il pas qu'il eût l'air de nous confondre? Cela fait toujours
bien auprès des lecteurs.

L'existence de la *Caisse de la Meuse* est indiscutable, puisque
les arrêtés qui l'ont protégée jusqu'à ce jour, subsistent; mais,
depuis la transformation de cette *Caisse* en une institution
d'assurance, ses opérations ne sont pas conformes aux prescriptions du décret de 1868, qui règle les assurances mutuelles.
Elles seront donc, désormais, contraires à la loi et, conséquem-

ment, illégales. Nous disons : les *opérations*, monsieur Bonnefond ; retenez-le bien.

Personne, en France, ne peut faire d'assurance à sa guise ; il
y a des lois qui s'imposent à tous, aux Caisses transformées
comme à n'importe quelle Société. Restez caisse de secours,
vous y êtes autorisés ; mais, pour devenir assureurs, votre
autorisation préfectorale ne vous suffira plus ; il vous faut
l'échanger contre des statuts tels, que le décret de 1868 en pres-
crit à tous ceux qui prétendent faire de l'assurance.

Or, c'est bien de l'assurance que vous faites aujourd'hui,
n'est-ce pas ? et vous nous l'avez assez répété dans votre brochure de 1895.

D'utilité publique.

De ce que la *Caisse de la Meuse*, autorisée à recueillir des
collectes et à répartir des secours, a été reconnue *d'utilité publique*, son secrétaire, M. Bonnefond, s'imagine que cette quali-
fication suffit pour dispenser celle-ci de se conformer aux lois
d'assurances depuis qu'elle s'est transformée en une institution
d'assurances.

Mais nos Sociétés d'assurances, elles aussi, sont d'utilité publique ; de même, les banques et les Compagnies de chemins de
fer. Est-ce qu'elles n'en doivent pas moins se constituer en
Sociétés, et observer la loi de 1867 ou le décret de 1868 ?

Vous nous la baillez belle avec votre utilité publique !

Les Sociétés d'assurances sont d'une telle utilité publique que
les Chambres leur ont confié le soin de la vie, de la santé des
ouvriers qui seront victimes des accidents du travail.

Or, croyez-vous que ces Sociétés soient — pour cela et en
récompense, — exemptes des prescriptions imposées par les lois
d'assurances ?

Loin de là ! On a encore forgé de nouveaux décrets à leur
intention !

D'ailleurs, l'utilité de la *Caisse de la Meuse* ne nous apparaît
pas si pressante ni si nécessaire.

Elle encaisse, par an.....................Fr.   526.844
de versements.

Et paie en sinistres.........................   600.937

Ce qui donne une perte industrielle de ... ..Fr.   74.093
A quoi il faut ajouter :
    Appointements................   23.230)
    Frais généraux... ....   92.802)   122.032

PERTES INDUSTRIELLES TOTALES.............Fr.   **196.125**

La *Caisse de la Meuse* fait donc de l'assurance à grandes

pertes, comme vous le voyez : en quoi est-elle « d'utilité publique » ?

D'autre part, si nous examinons ce qu'elle coûte comme administration, nous trouvons que sa dépense de 122,032 francs en frais généraux pour un encaissement de versements de 526,844 francs, représente une moyenne de près de 23 0/0 desdits versements.

Or, quelle est, chez nos Compagnies, la moyenne des frais généraux, par rapport aux primes ? — 10 0/0.

A quoi ou à qui peut donc être utile la *Caisse de la Meuse* ?

Bref, voilà une misérable affaire de 526,844 francs qui coûte les yeux de la tête à gérer ; or, qu'est-ce que ces 524,844 francs, en présence des 108,735,204 francs de primes qu'encaissent nos Compagnies, par année ; et qu'est-ce que ces 600,000 francs de sinistres payés par ladite *Caisse de la Meuse*, en présence des 64,926,576 francs de sinistres, annuellement payés par nos Compagnies ?

Croyez-vous, franchement, que la France périrait et que nos chers Meusiens seraient perdus, si nos Sociétés d'assurances englobaient les versements, qu'ils font à leur *Caisse*, dans les nombreux millions de primes qu'elles recueillent dans toute la France ?

Est-ce que les autres départements sont victimes de quelque calamité publique, parce que les assurances y sont remises aux sociétés d'assurances ?

La *Caisse de la Meuse* n'a donc, aujourd'hui, rien d'utile, rien, absolument rien : elle coûte fort cher à gérer et ne représente qu'un anachronisme....

Autre chose !

Parce que le Fisc a perçu un impôt sur ladite Caisse, celle-ci s'estime autorisée à faire le métier d'assureur ?

C'est assez naïf.

Est-ce que le Fisc examine jamais le fond des choses ? Il voit une recette publique ; il ne raisonne pas ; il prélève sa dîme. Prenons un exemple.

Une Société est nulle, sa constitution est vicieuse, illégale, son administration est défectueuse, elle distribue de faux dividendes ; qu'importe au Fisc ? Il prélèvera sa dîme toujours et encore.

Or, qui oserait soutenir que l'impôt, payé par cette Société, la légalise et l'autorise à continuer ses opérations illégales ou à distribuer des dividendes fictifs ?

La thèse de M. Bonnefond est donc absolument insoutenable ; d'ailleurs, les arrêts qu'il a invoqués à son appui ne légalisent pas du tout les opérations d'assurances de la *Caisse de la Meuse* et nous n'avons vu dans l'arrêt de Cassation du 11 février 1880 qu'une condamnation, prononcée contre cette Caisse, à payer l'impôt.

Nous avons publié l'arrêt dans notre dernier numéro ; on peut vérifier.

De même, l'arrêt du Conseil d'Etat du 16 mars 1894 ne sanctionne pas davantage les opérations d'assurances auxquelles se livre la *Caisse de la Somme* ; l'arrêt se borne à se déclarer incompétent sur cette question.

De même encore, l'arrêt de Nancy du 24 juin 1899 ne se prononce pas sur le droit qu'ont ou n'ont pas certains fonctionnaires de prêter leur concours à la *Caisse des Ardennes* ; loin de là, la Cour se récuse sur cette question, en ces termes :

« Attendu, en effet, que les actes que le Syndicat impute à ces fonctionnaires ont leur cause dans l'exécution d'arrêtés préfectoraux ; qu'ils ont, dès lors, le caractère d'actes administratifs sur la légalité ou l'illégalité desquels l'autorité judiciaire n'a pas qualité pour se prononcer ;

« Qu'il appartient au Syndicat des agents d'assurances de faire statuer, par qui de droit, sur l'illégalité dont il se plaint ; qu'il convient de lui accorder, dans ce but, un délai suffisant pour lui permettre d'en rapporter la preuve, délai passé lequel il sera fait droit, la Cour restant incontestablement compétente pour se prononcer sur la prétendue concurrence illicite. »

Pour quoi la Cour surseoit à statuer et accorde quatre mois pour attaquer l'illégalité du concours des fonctionnaires incriminés.

Les agents des Ardennes ne se sont pas pourvus devant la juridiction administrative dans le délai de quatre mois qui leur avait été imparti.

Alors, la cour de Nancy, dans son audience du 17 février 1900, a rayé l'affaire, en constatant le défaut de diligence des agents à rapporter les preuves de concurrence illicite ; et... c'est tout.

Or, M. Bonnefond, secrétaire de la *Caisse de la Meuse*, proclame triomphalement, dans sa réponse, que tous ces arrêts auraient consacré la « légalité de cette Caisse ».

On le voit, il a commis une erreur absolue.

Nous avons publié tous ces documents dans notre dernier numéro ; on peut contrôler.

Alors, que devient ladite fameuse RÉPONSE de la *Caisse de la Meuse* ?

Elle reste une diatribe inexacte et partiale, uniquement inspirée par l'intérêt qu'une vingtaine de personnes ont à l'existence de la *Caisse* en question, envers et contre tout.

En effet, la *Caisse de la Meuse*, si elle n'est pas une institution d'assurance prospère et modèle, est une puissance financière, une puissance politique.

Capital. — Administration.

La *Caisse de la Meuse* a besoin, — pour gérer ses 524,000

francs de collectes annuelles, — d'un capital de 6,000,000 de francs.

Vous avez bien lu : six millions ! !

D'où viennent ces millions ? Comment une œuvre de secours a-t-elle pu glaner ainsi des millions et des millions ?

Est-ce que c'est le but des institutions de charité ou d'utilité publique de réaliser de semblables fortunes ?

Est-ce que les collectes faites à domicile, sous prétexte de secours destinés aux incendiés, n'auraient été pratiquées que pour pouvoir amasser ce monceau d'or ?

Est-ce que nos braves curés et nos maires naïfs se sont jamais imaginé que leur gracieux et gratuit concours servait à l'édification de ce *veau d'or* meusien ?

Nous sommes une œuvre philanthropique, une œuvre de bienfaisance, répète M. Bonnefond à bouche que veux-tu : eh ! mais, c'est de la philanthropie *modern-style*, que la vôtre, cher secrétaire ; en effet, gagner 6 millions à recevoir et à distribuer des dons, à répartir des collectes, c'est assez agréable et absolument nouveau jeu.

Ah ! vous qui reprochez aux assureurs, capitalistes, de toucher le légitime intérêt de leur argent, que pourrez-vous répondre quand on vous demandera *de quel droit* vous avez réalisé d'aussi importants bénéfices sur les collectes, qu'on vous a laissé récolter et répartir à loisir ?

Est-ce que la *Caisse de la Meuse* était non pas une œuvre de charité, de secours, mais une œuvre de spéculation, pour que vous osiez vous vanter, dans une lettre adressée à un confrère le 17 février 1899, d'avoir, de 1833 à 1852, **réalisé un bénéfice** de 1,745,348 francs ? Ce sont vos propres expressions que nous soulignons.

Et, aujourd'hui, ces bénéfices ont atteint 6 millions.

N'est-ce pas un scandale que cette spéculation ?

Pour expliquer ces 6 millions, M. Bonnefond, nous le savons nous fera un cours de mathématique et d'intérêts composés ; nous n'avons que faire de l'écouter.

Sa caisse de secours n'était pas fondée pour réaliser des bénéfices, voilà tout ce que nous pouvons dire, et surtout des bénéfices aussi considérables.

Maintenant, à qui appartiennent ces 6 millions ? A quoi servent-ils ? A qui profitent-ils ?

Ils n'appartiennent pas au Département, puisque la *Caisse de la Meuse* **lui a prêté** 9,975 francs de rentes... (Brochure 1895, page 23.)

Ils n'appartiennent pas au Préfet.

Ils n'appartiennent pas aux maires.

En équité, ils devraient appartenir aux anciens donateurs ; mais, hélas ! ils sont morts.

Ces 6 millions, si l'on voulait les répartir, à qui reviendraient-ils ?

A personne. Voilà donc, glanés sur des collectes, 6 millions qui se trouvent là, sans propriétaire légal ! (*Res nullius*.)

Est-ce assez bizarre ?

Mais, en attendant qu'on trouve un destinataire à ces millions, l'administration de la *Caisse de la Meuse* sait les utiliser.

Toutes nos sociétés financières, commerciales, de banque, de chemins de fer et d'assurances sont tenues (elles, petites gens) de placer leurs fonds en titres d'Etat ou garantis par l'Etat ; mais la *Caisse de la Meuse*, comme œuvre philanthropique, sans doute, a la faculté de placer les bénéfices qu'elle réalise, en n'importe quelles valeurs.

ART. 76 (du Règlement) : « Les fonds, titres sont placés en rentes sur l'Etat, **ou de toute autre manière que le bureau central déterminera...** »

Aussi bien, ces messieurs ne se sont-ils pas gênés et sans « autre manière », ont-ils mis des fonds dans une compagnie de chemins de fer locaux, dont ils ont pris 344 obligations : il est vrai que deux administrateurs de la *Caisse de la Meuse* sont l'un directeur, l'autre administrateur de ladite compagnie de chemins de fer.

D'autre part, le « Petit Bureau » a prêté au Département pour 9,975 francs de rentes ; à 3 0/0, cela représente encore un joli chiffre ; ce n'est peut-être pas un mauvais placement, mais il est surtout excellent en ce qu'il flatte le Conseil général (le grand contrôleur) et fait sentir la puissance de la *Caisse* dans tous les cantons.

Quoi qu'il en soit, aucune société ne pourrait se permettre de semblables placements : les lois et décrets le leur interdisent formellement.

Maintenant, si vous voyez M. Bonnefond, le gracieux secrétaire général de la *Caisse de la Meuse*, écrire dans tous les journaux du département et publier brochures sur brochures — aux frais de la *Caisse*, bien entendu — pour défendre ou prôner celle-ci, envers et contre tous, vous vous doutez bien que c'est parce qu'il est quelque peu intéressé à ce qu'on ne lui enlève pas sa « Mascotte ».

Le « Petit Bureau » lui a alloué, outre la jouissance gratuite d'un appartement superbe, des appointements annuels de 5,000 fr. avec un droit à une retraite de 5,000 fr., - la retraite d'un préfet !

Il est juste de dire que M. Bonnefond n'est pas un ingrat et qu'il se montre très gentil pour ces messieurs du Petit Bureau. C'est ainsi qu'il a accepté comme secrétaire adjoint le beau-frère d'un membre dudit Petit Bureau ; qu'il a payé 14.000 fr. un brochure (qui en valait 4,000) à l'imprimerie de deux de ses administrateurs.

Rappelez-vous les obligations souscrites à la Compagnie des chemins de fer meusiens — non garantis — dont nous avons parlé et vous conviendrez que tout ce monde se passe gentiment le séné pour la rhubarbe.

Mais n'est-il pas singulier que certains Préfets favorisent l'accroissement des biens des *Caisses départementales* — biens qui n'appartiennent à personne, ne peuvent revenir à personne *(res nullius)* — pendant que le gouvernement (dont lesdits Préfets dépendent) poursuit la disparition des biens de certaines congrégations ? Est-ce que les biens desdites *Caisses* ne sont pas des fortunes impersonnelles comme celles d'aucuns ordres religieux ?

Nous en avons fini avec la *Caisse de la Meuse* et il ne nous reste plus qu'à conclure à un point de vue général.

En résumé

Les *Caisses départementales* se sont transformées en de véritables institutions d'assurances ; elles ne le contestent pas, elles s'en vantent même et la Cour de cassation leur a reconnu ce caractère.

En raison, en conséquence de cette transformation, lesdites *Caisses* ne peuvent plus se contenter de la tutelle préfectorale sous laquelle elles ont vécu comme caisses de secours, mais elles doivent — à l'exemple de toutes les institutions d'assurances — obéir au décret du 22 janvier 1868 qui, d'ordre public, réglemente toute les Sociétés d'assurances, opérant soit à primes fixes, soit en mutualité.

Et c'est pourquoi nous persévérons plus que jamais dans les conclusions de notre brochure de janvier 1900, intitulé : **Les Caisses départementales jugées par la Cour de cassation.**

Voici ces conclusions :

Quoi qu'elles disent et quelles que soient les circulaires que les Préfets pourront lancer, les Caisses départementales sont des Institutions d'assurances et plus du tout des *Caisses de secours* libres.

Par conséquent, les Préfets doivent disparaître de la présidence de ces *Caisses* en leur qualité de fonctionnaires publics et se faire remplacer pas un Conseil d'administration dont les membres seront choisis parmi les clients desdites *Caisses*.

Un acte notarié doit transformer ces *Caisses* en des Sociétés d'assurances, sous une dénomination spéciale, conformément aux articles 8, 9, 10, 11, 12, 13 et autres du décret du 22 janvier 1868 ; des tarifs doivent être dressés et publiés ; des polices doivent être établies, pour être remises en double aux intéressés ; la prime y sera indiquée, ainsi que le chiffre assuré ; les expertises devront être contradictoires et ces Sociétés ainsi transformées devront être représentées, non plus par des fonctionnaires (maires, curés ou instituteurs), mais par des mandataires attitrés et choisis parmi le public libre.

En un mot — de par les arrêts de Nancy et de Cassation — les *Caisses*, proclamées institutions d'assurances mutuelles, doivent être organisées et fonctionner comme toutes les autres Sociétés, conformément aux lois d'assurance.

Nous n'ajouterons plus qu'un mot :

Nous remercions la *Caisse de la Meuse* de nous avoir fourni l'occasion d'entrer dans des détails, qui nous ont permis de rétorquer tous les arguments spécieux, que les *Caisses départementales* invoquent, d'habitude, en faveur du régime exceptionnel sous lequel on les laisse vivre.

Que demandons-nous donc de si extraordinaire, pour que ces *Caisses* se fâchent aussi fort ?

Est-ce leur vouloir du mal que de demander qu'elles obéissent aux lois comme y obéissent toutes les autres institutions d'assurances, toutes aussi honorables et aussi utiles qu'elles ?

Nous ne le pensons pas.

C'est pourquoi nous espérons que le Gouvernement, qui a su faire rentrer les « *Prévoyants de l'Avenir* » dans la légalité, n'hésitera pas à y ramener également les *Caisses départementales*.

En attendant cet acte d'équité et de justice, nous encouragerons les Sociétés d'assurances à continuer à se montrer rigoureuses vis-à-vis des coassurances, que leurs assurés donneront aux *Caisses départementales* sans les leur dénoncer. Elles sont certaines que tous nos tribunaux et cours obéiront à la cour de Cassation, les protégeront, elles qui se conforment aux lois du pays contre ces Caisses hybrides, qui se placent au-dessus de ces mêmes lois.

Le tribunal civil de Rethel est déjà entré dans cette voie, en prononçant impitoyablement la déchéance du droit à une indemnité d'incendie contre un adepte de la *Caisse des Ardennes*

qui n'avait pas dénoncé à sa Compagnie d'assurance son versement à ladite *Caisse*. (Jugement du 14 février 1900. *Conseiller*
n° 530 *bis*.)

Pris entre deux feux, menacés de deux déchéances, les clients
des *Caisses départementales* n'hésiteront pas longtemps à
abandonner celles-ci, sans plus écouter les fonctionnaires qu'elles nourrissent et auxquels seuls elles sont vraiment utiles,
aujourd'hui ; et, comme tous les Français des autres départements , comme l'Etat lui-même, ils mettront tous leurs biens
sous la garantie de nos excellentes Sociétés d'assurances ; chez
elles, du moins, ils trouveront sécurité entière et égale justice.

G. HABERT.

Paris, Soc. anon. de l'impr. Kugelmann (G. Balitout, dir.), 12, rue Grange-Batelière.

www.ingramcontent.com/pod-product-compliance
Lightning Source LLC
Chambersburg PA
CBHW061508170626
46811CB00004B/1655